50周年纪念版

轱辘轱辘转

Wishing children and parents fun times together reading Cars and Trucks and Things That Go!

Huck Scarry

希望孩子和父母可以一起享受阅读《轱辘轱辘转》的快乐时光！

——哈克·斯凯瑞

This edition published by arrangement with Random House Children's Books, a division of Penguin Random House LLC.

版权合同登记号 图字：22-2024-032

图书在版编目（CIP）数据

轱辘轱辘转 ：50周年纪念版 /（美）理查德·斯凯瑞著 ；漆仰平译. -- 贵阳 ：贵州人民出版社，2024.6（2025.10 重印）
ISBN 978-7-221-18367-5

Ⅰ. ①轱… Ⅱ. ①理… ②漆… Ⅲ. ①儿童故事－图画故事－美国－现代 Ⅳ. ①I712.85

中国国家版本馆CIP数据核字（2024）第110022号

GULU GULU ZHUAN 50 ZHOUNIAN JINIAN BAN

轱辘轱辘转 50周年纪念版

[美]理查德·斯凯瑞 著 漆仰平 译

出版人 朱文迅 策划 蒲公英童书馆 责任编辑 颜小鹂 贺文平 装帧设计 曾 念 蒲雪莹 责任印制 郑海鸥
出版发行 贵州出版集团 贵州人民出版社 地址 贵阳市观山湖区中天会展城会展东路SOHO公寓A座（010-85805785 编辑部）
印刷 北京利丰雅高长城印刷有限公司（010-59011367）
版次 2024年6月第1版 印次 2025年10月第2次印刷
开本 889毫米×1194毫米 1/12 印张 7.25 字数 60千字 书号 ISBN 978-7-221-18367-5
定价 78.00元

50周年纪念版

轱辘轱辘转

[美]理查德·斯凯瑞　著　漆仰平　译

贵州出版集团　贵州人民出版社

飞行车

厢式货车

燃油供给车

大嘴巴垃圾车

垃圾桶

猪爸爸、猪妈妈、猪小哥还有猪小妹，准备去海边玩耍。

猪爸爸和孩子们已经上车了，猪妈妈也提着篮子赶了过来，里面装的都是好吃的东西。

准备出发了，真开心啊！

全家人要到海边好好放松一下。
对啦，猪爸爸要先买些东西。他准备把货订好，然后让商店的人送到家里去。
他会买些什么呢？

天哪，快看！皮皮狗快把所有的停车计时器都撞倒了。

哪有这样的司机？真是太不像话了！

毛美丽警官肯定会给他开罚单的。瞧，她已经去追皮皮狗了。

停
干草运输车
干草
帆船
小型运输车
雕像
米开朗基罗
雕塑
肥皂泡泡
清洁公司
窗户清洁工

皮皮狗不等毛美丽警官开罚单，早就一溜烟儿开跑啦。

哎，这个皮皮狗也太淘气了！毛美丽警官，追上他！

猪爸爸开车超过了一辆载着大雕像的卡车。

“你看见和雕像在一起的是谁了吗？”猪小妹问哥哥。

“看见了，”猪小哥说，“是金虫子呗！他到处乱窜。”

蒸汽机车

乘务车厢

罐车

卡车

咦？金虫子现在跑哪儿去了？
他是坐在小卡车上，还是坐在老式贵妇车上呢？
你能找到他吗？

猪爸爸从一辆坏了的卡车旁边开了过去。

“不要紧的，卡车很快就能重新跑起来。”猪爸爸说，“我看见全能鼠妹正在抢修呢。她可厉害了，什么故障都难不倒她。”

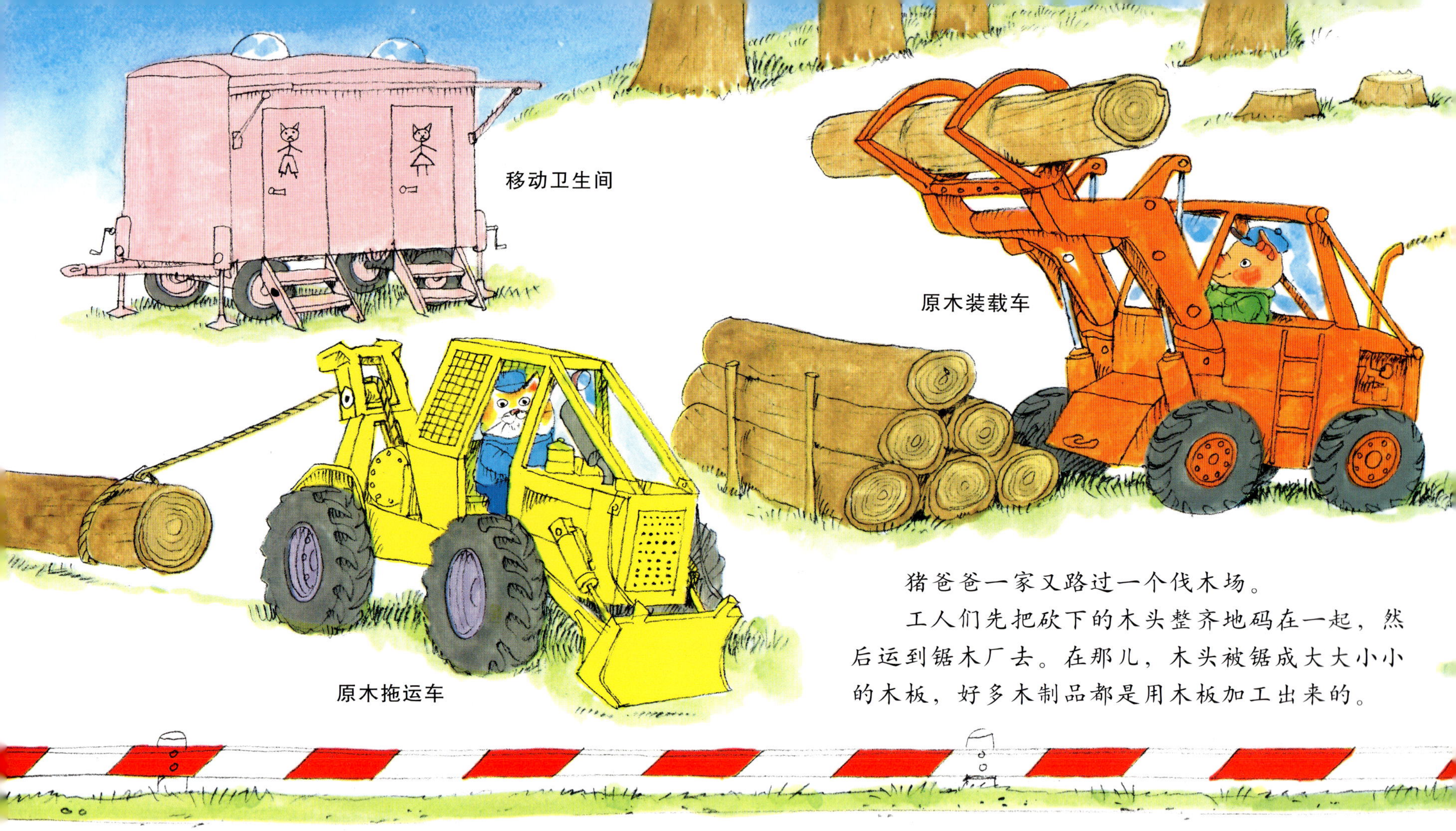

猪爸爸一家又路过一个伐木场。

工人们先把砍下的木头整齐地码在一起，然后运到锯木厂去。在那儿，木头被锯成大大小小的木板，好多木制品都是用木板加工出来的。

猪小妹大叫：“呀，兔小妹当心！可别被那台起重机吊起来啊！”

兔小妹，快踩油门！

毛美丽警官，再快点儿！
追上皮皮狗！
那个淘气鬼又跑到哪里去了？
像他这样开车可不行。

汉汉把拖拉机开到池塘里啦。
哎哟，亲爱的汉汉，这可不好玩！

大巴士

旅行车

小货车

瞧！全能鼠妹又出现了！
这回，她正拖着一辆**大拖车**呢！
嗨，金虫子……你怎么哪儿都去啊！

哈哈，看哪！**大拖车**吊着坏了的车，小拖车又拉着**大拖车**！

长途大巴的行李舱盖开了。
好多东西从里面飞了出来！
猪爸爸！猪妈妈！快躲啊！
哦，天哪！猪妈妈躲不了那么快。

谷物运输车

救护车

扫帚车

跑车

糟了，今天路上的车真多。

消防员开着老式消防车，小朋友们坐着校车，巫师骑着扫帚车。你知道他们要去做什么吗？

哈哈，大家一起上路吧！

篷式摩托车

吉普车

看看这些大家伙！有些工程车在挖大沟，有些工程车在铺水管。

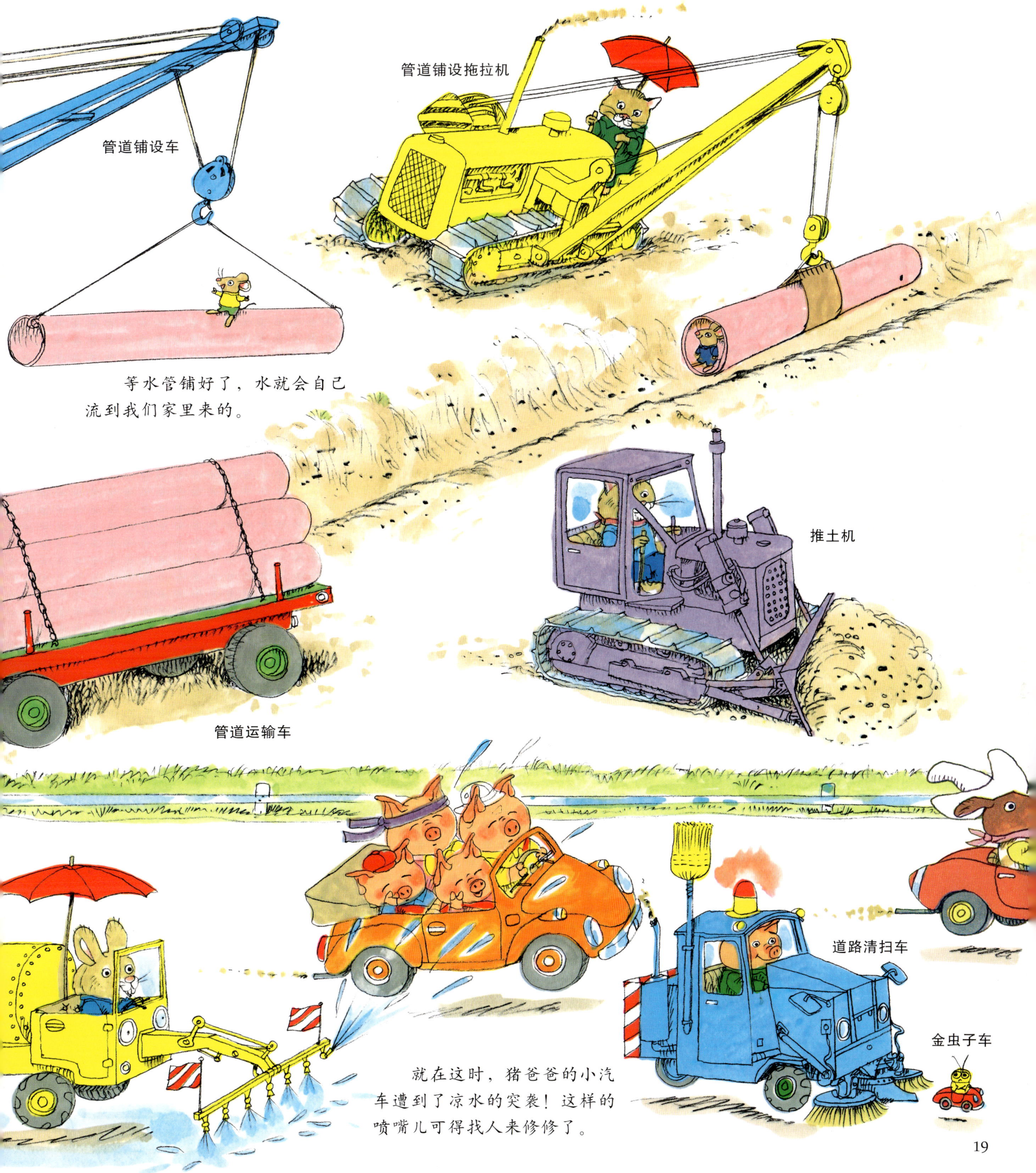

等水管铺好了，水就会自己流到我们家里来的。

就在这时，猪爸爸的小汽车遭到了凉水的突袭！这样的喷嘴儿可得找人来修修了。

哎哟！这里出什么事了？

原来是兔先生在运沙土。兔太太想告诉他倒在面前就可以，不过兔太太喊得太大声了，结果所有的司机都以为她是在指挥自己呢。

“就倒在那里！”兔太太喊道。所有的司机都把他们的货物倒在了那里！

双层公交车
严禁烟火
请勿靠近
油罐车
冷藏车
冰激凌
越野车
老爷车
五人座铅笔车

运橘子的司机送给猪小哥和猪小妹一人一个橘子。

“幸亏车上装的不是煤。”猪小哥说。

“瞧那边！”猪小妹说，“那个搭车人背了那么大一个包，哪个车子能装下呀！路上这么堵，他还不如走路呢。”

又出什么事了？
木匠卡里刚刚买了一袋钉子，倒霉的是袋子上有个洞。
这下可糟了，几乎所有的车轮上都扎出了洞！

怎么不见皮皮狗啊？车轮扎坏了，他的车怎么开呀？我看见毛美丽警官正骑着车追他呢。

毛警官，别让他跑了！

嘿，金虫子……你怎么总是到处窜啊！

无轨电车
观光巴士
旅游观光车
虫子专用车
电动摩托车
黄色
紫色
橙色
棕色
红色
蓝色
绿色
粉色
油漆工的运输车
管道疏通车

换完轮胎，猪爸爸累得筋疲力尽。他跑到后座上睡觉去了，换成猪妈妈来开车。

大家准备好了吧，出发！

慢！前方在修路。

笨笨的平地机要把土块和岩石碾碎，这样一来，路基就变得平整了。

猪爸爸醒来了。
猪小妹对猪爸爸说：“我觉得咱们应该买辆香蕉车了。”
“这个主意不错呀！我也喜欢。”猪爸爸说。

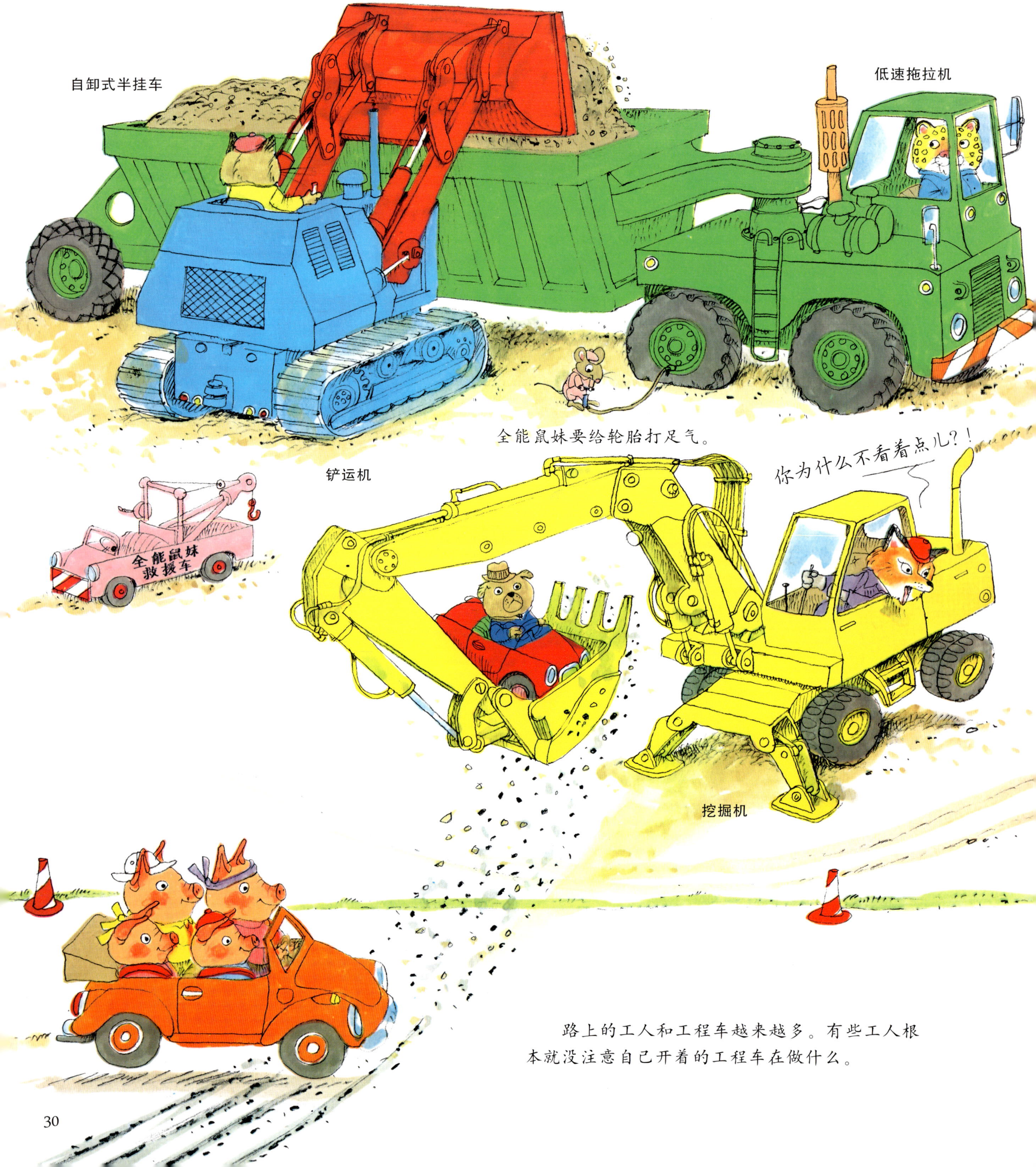

路上的工人和工程车越来越多。有些工人根本就没注意自己开着的工程车在做什么。

金虫子自言自语："该去看看牙医了，最近糖吃得太多了。"
金虫子在哪里呢？

铲运机
碎石机
平地机
推土机
豪华轿车
迷你豪华车
微型豪华车
跑车

一切就绪！马上要开始铺路了。

碎石机把大石块粉碎成小石子。

工人们把焦油和沙子混在沥青混合料搅拌机里，不一会儿，就流出了沥青——就是那种黑乎乎的、冒着热气的沥青。

“我更想要辆胡萝卜车。”猪小哥说。

当心啊！兔子罗罗的蒸汽压路机自己跑了。
嘎吱——嘎吱——嘎吱！
蒸汽压路机一路轧扁了三辆车。

当心啊，毛美丽！
当心啊，鼠小姐！
当心啊，猪妈妈！
别被轧扁了！

一只呼呼大睡的熊
沥青翻斗车
压路机
沥青路
铺路机
摔倒在地的蒸汽压路机司机
怎么不看路啊？
TAXI
三辆被轧扁的车
哎哟！
那不是我们的老朋友皮皮狗吗？
皮皮狗！毛美丽警官正在追你呢！
出租车
奶酪车

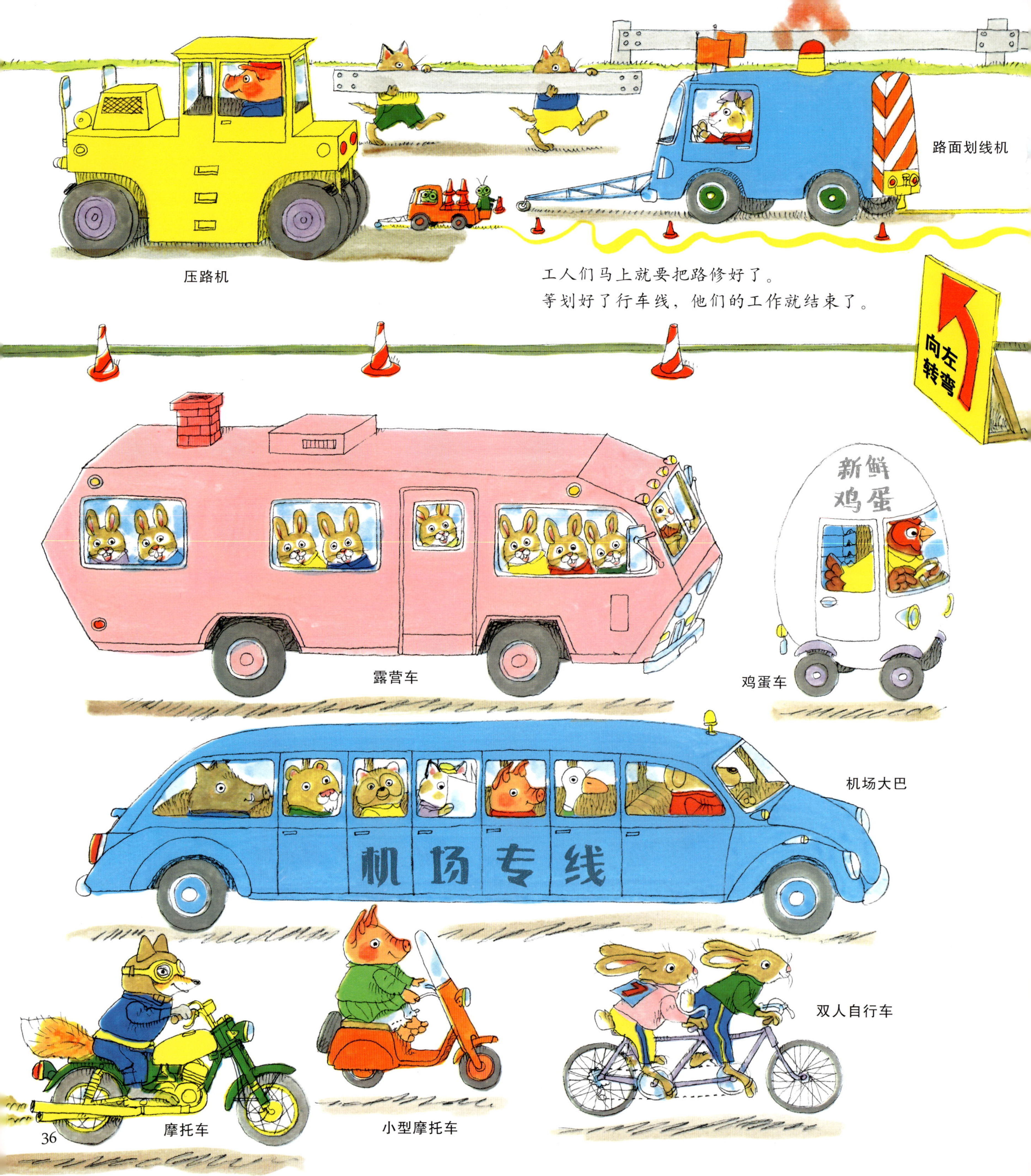

工人们马上就要把路修好了。
等划好了行车线，他们的工作就结束了。

嘿！是谁把线弄得一团糟？不会是金虫子吧？
不可能，金虫子从来不做这样的事，肯定是疯虫子那个家伙。

大家在新路上要慢慢开，靠右行驶。

停
老爷车
迷你公交车
加油站
牙刷车
油罐车
危险物品 请勿靠近
加油机
输油管
公共厕所
汽车清洁工
急匆匆的鼠小妹
洗车

车子快没油了，猪妈妈赶紧开到加油站。加油员很快就把油箱加满了。

金虫子可真喜欢到处冒险。

怎么又看不见猪爸爸一家了，你猜他们去哪里了？

多功能消防车
7
救援车
0
对准！
水都流进消防车里了，
这是谁干的呀？
云梯消防车
4
1
火灾
报警箱
登高平台消防车
警报器
119
消防水带
消防指挥车

油箱加满了，猪爸爸也攒足精神，回到了驾驶座上。

虫小姐的车起火了，消防员及时赶到，把大火扑灭了。你能猜出是谁把消防车叫来的吗？

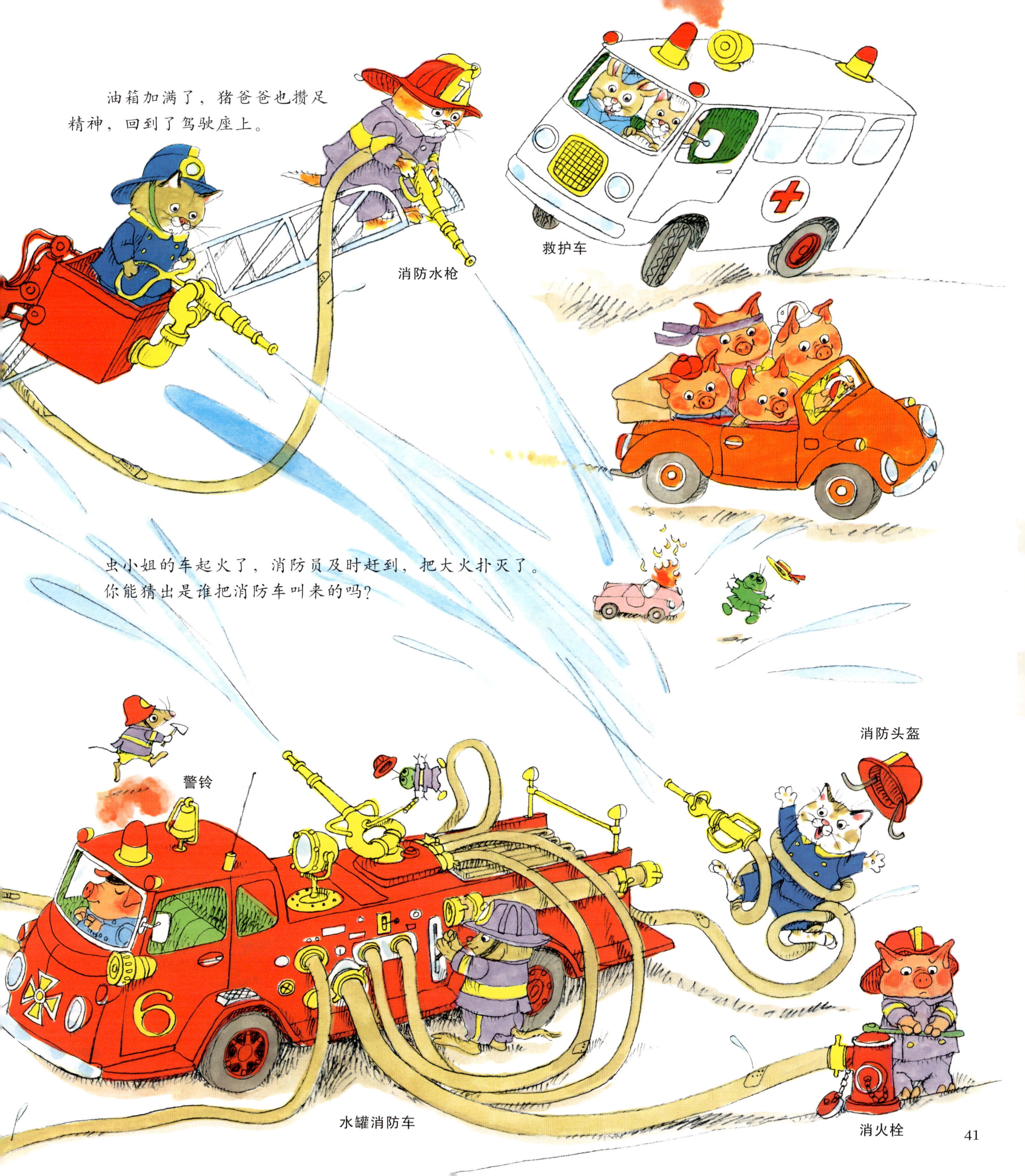

内燃机车
邮政车厢
油罐车厢
货车车厢
老鼠喳喳说："所有的轮子都要上油，可不能让它们发出轧轧的声音。"
叉车
老爷车
乌龟汤姆的车
园丁的卡车

甜甜圈车

火车站是个特别繁忙的地方，那里总有许多来来往往的人。贷运火车装着信件、食物、包裹，还有好多好多其他的东西。

有人喜欢到很远的地方去度假。如果他们想开自己的车，那就可以把车放进专门托运汽车的车厢里。

“但愿我记得把甜甜圈放在了篮子里。”猪妈妈自言自语。真奇怪，她怎么会想起这件事呢？

“快看，”猪小妹说，“汽车大赛！”

“我快饿死了，没力气看。”猪小哥说。

“耐心点儿，”猪妈妈说，“马上就可以吃饭了。不过我们得先在猪奶奶的农场停一下，去买几个新鲜的玉米。”

呜呜！呜呜！呜呜！
获胜者是……全能鼠妹！

鼠小哥运输车

遮阳小轿车

犀牛车

在猪奶奶的农场里，大家正热火朝天地干活儿呢。

他们有的在割玉米，有的在运干草，有的在运牛奶，还有人在收割麦子。

猪爷爷在除草，猪奶奶正开着那辆老式蒸汽拖拉机。

呜啦啦，好忙碌的农场啊！

胖姑姑和威利表弟正在卖新鲜的玉米呢。

这些玉米可真诱人啊，猪爸爸张嘴就咬了一口。

“爸爸，别急啊！”猪妈妈说，“等把玉米煮熟了再吃！”

联合收割机
麦子
拖拉机
蒸汽拖拉机
老狼旅行车
割草机

猪爸爸一家买好了玉米，向着海滩出发了。

他们路过一个军营，看见到处都是士兵。

这些士兵要回家度周末了。他们坐的车很像军车，不过颜色有点儿不一样。

嘿！看着点儿！
尾翼
正在清洁喷气式飞机的工人
老鼠单翼机
快安航空
车载升降机
航空食品
空姐
机翼
梯子
喷气发动机
航空食品车
燃油供给车
行李车
乱七八糟的行李

嘿，猪爸爸！你怎么开进飞机场了？那个写着“跟我来”的牌子不是给你看的！它是用来告诉飞机着陆后该停在什么地方的。

瞧！疯狂的皮皮狗也跟着它呢！毛美丽警官还在追皮皮狗吗？

移动公寓车
日光浴
露营车
房车
猫小姐露营车
露营车
烧烤架
真希望能快
点儿到海边。

可拖动房屋

老式校车度假房

“相当大”露营车

游泳池卡车

猪仔一家要去欢乐海滨浴场度假。

“看来我们过不去那扇门了，”猪仔妈对猪仔爸说，“咱们明年还是少带点儿东西来吧。”

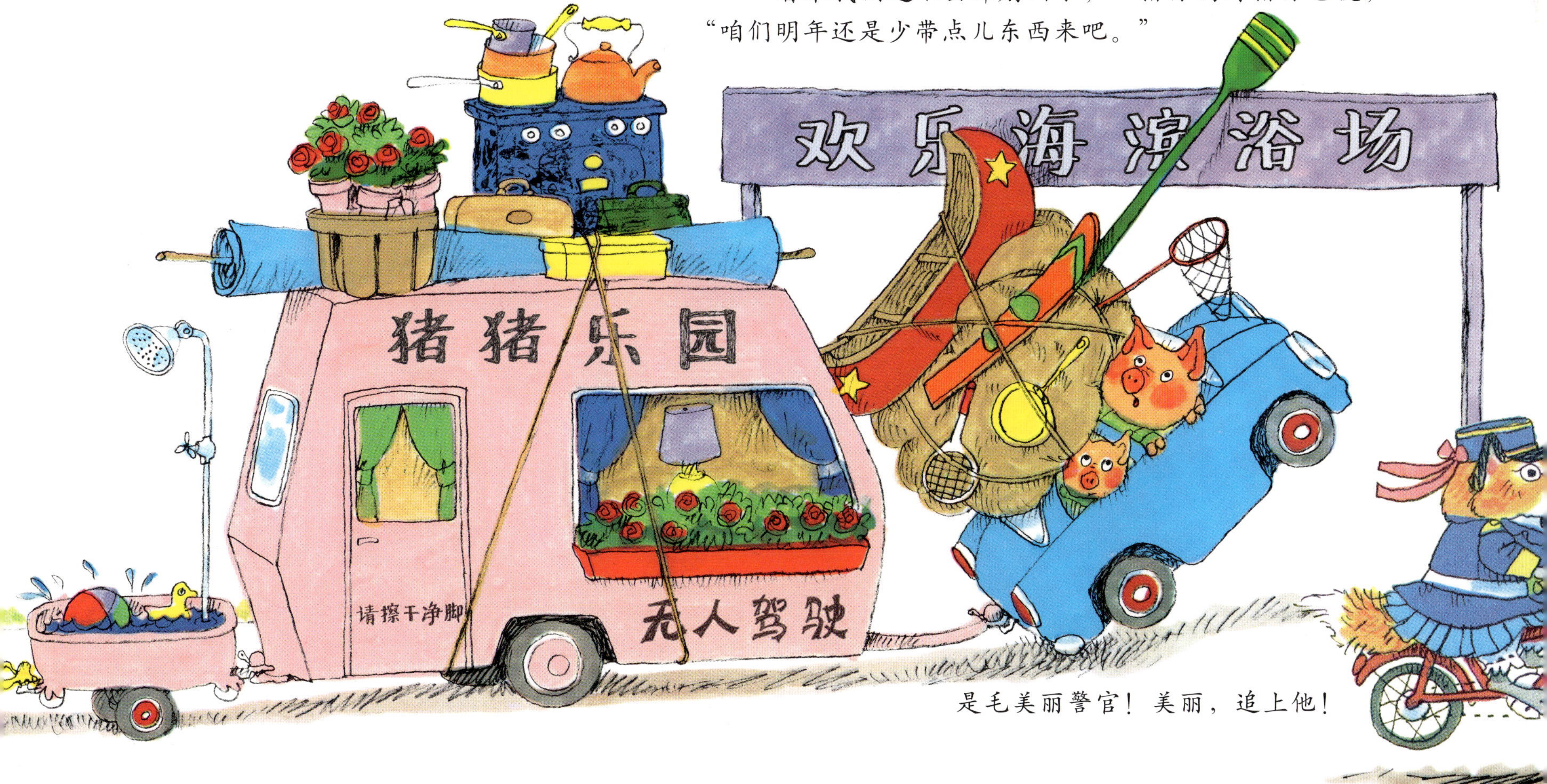

是毛美丽警官！美丽，追上他！

哦，小猪，你犯了个错误！你的车不能在水里跑，只有螺旋桨车才可以开进水里啊！

“终于到了！”猪妈妈说，“我们要享用一顿安静的午餐。爸爸，也许你该穿件衬衫，否则会被晒伤的。”

“哦，我没事儿的。”猪爸爸说。

一旦越野车发生翻滚，越野车防滚架就会起到保护驾驶员的作用。

午餐结束了，猪爸爸可不像他自己说的那样没事。他全身通红通红的！哇！晒伤得很厉害！

猪爸爸吃饱了，肚子圆滚滚的，他需要好好睡一大觉，于是又换成猪妈妈开车了。

猪爸爸，您睡觉的时候，能闭上嘴巴吗？

猪爸爸错过了港口所有的美丽风光。人们正把小汽车装到货船上，这些车要漂洋过海，被带到遥远的地方。

哦，天哪！有一辆小汽车去不了远方，它被直接送入海底了！

两个高尔夫球手把球打到了垃圾场里，快帮他们找找吧。

猪爸爸一家开车上了山。天气越来越冷，空中飘起了雪花。路好滑，有辆馅儿饼车滑出了山路。

全能鼠妹提醒大家该安防滑链了。

嘿，猪爸爸！醒醒啊！快把防滑链缠上！快把车篷盖好！

雪地救护车

猪妈妈把防滑链缠好了，车篷也盖好了！
哇！快看看雪景吧！真是太漂亮了，是不是？
后面的那辆卡车上有一大摞东西都被白雪覆盖着。
猜猜看，那是什么？

大熊正开着雪地摩托，驮着大罐的蜂蜜往家赶。

为了让滑雪的人玩儿得更尽兴，雪地牵引车拉着大磙子，沿着雪坡把雪压得实实的。

猜出来被白雪盖着的是什么了吗？
哈哈，现在知道了吧！是大西瓜。
停下！西瓜西瓜，停下来！

西瓜滚落的响声惊醒了猪爸爸。
猪妈妈停下车，猪爸爸卸下防滑链。
下山了，不会再有厚厚的白雪了。
猪妈妈帮猪爸爸把车篷卷起来，因为雪都融化了……嗯，几乎都化光了。

工作镇特快2号
化学品运输车
登山者
停下来！
老猫卡尔的车
跑车
行李架上的滑雪板
雪鞋
滑得好学校
滑雪学校校车

哦，天哪！

居然会碰上这么严重的交通事故。这绝对是一场**重大事故**！

看上去真是难以想象，是吧？

可怜的全能鼠妹！修理这些车恐怕需要一百年。

幸亏没人受重伤。

送鸡蛋的工人总是系着安全带，所以他们没被甩出来，也没有受伤。

“嗯，我们快到家了。”猪爸爸说。
“谢天谢地！”猪妈妈说。

没错，没错！是他们。

“安全抵达，又回家啦！”大家异口同声地说。

在家门口，有位送货人正要离开。

“草坪上的那些盒子里是什么？”猪妈妈问。

“草坪上的那些盒子里是什么？”猪小妹问。

“草坪上的那些盒子里是什么？”猪小哥问。

猪爸爸只是开心地笑着，什么也没说。

“哦，快看！”猪妈妈说，“那边是有人在搬家吧，咱们要有新邻居了。”

爱迪父子
修理公司
电工的车
出售
亲爱的，小心点儿！
三人行
搬家公司
温暖＋爱心＋关怀
厢式货车
电池车
苹果车
在您候车时为您熨衣服
嘿，还差一处没有熨！
蒸汽车

全能鼠妹
救援车
停
哈！终于被我追上了吧！
呼！我快累死了！

猪妈妈说对了，他们确实有了新邻居。

看啊，一下子来了这么多的小伙伴！猪小哥、猪小妹还有金虫子，都开起了自己的新小汽车，开心地和小伙伴们打招呼。

原来草坪上的箱子里面装的是猪爸爸买给大家的礼物，出游前猪爸爸去过玩具店的，还记得吗？

毛美丽警官终于追上了皮皮狗，他什么时候才能学会好好开车呢？也许永远都不会……当然啦，我们总要抱着最美好的期望。

啊哈哈！真是快乐的一天！

去外面！去大街上！

写给读者们的一封信

我的父亲理查德·斯凯瑞总像个孩子一样，沉迷于各种“轱辘轱辘转”的东西，比如水面上行驶的小船、铁轨间飞驰的火车、天空中翱翔的飞机，还有路面上奔跑的小汽车和大卡车等。1951年，他自写自画的第一本儿童图画书《汽车和卡车大书》出版了。在这本书的扉页里，我的父亲画了一幅他带着我的母亲帕特里夏开着他们的黑色英国小跑车疾驶的图画。他俩穿得漂漂亮亮，正驶往一个好玩的地方呢！遗憾的是，1953年我出生那会儿，这部时髦的双座小跑车就换成了一辆实用的天蓝色旅行车（这种车还被戏称为“闹市之车”）。

50年前，也就是1974年，《轱辘轱辘转》首版面世。它生动地展现了我的父亲幽默风趣的一面，从中也能看出他无穷的想象力和对轮式车辆的迷恋。而这本充满轰隆轰隆声的图画书也和《会讲故事的单词书》《忙忙碌碌镇》《热热闹闹的世界》等经典之作一样，成为他的代表作之一。

那么，是什么让《轱辘轱辘转》如此特别呢？其实，在出版方请我的父亲为男孩们画一本关于汽车和卡车的书时，他思索了一会儿，并意味深长地眨了眨眼。他知道，不仅是男孩们对汽车和卡车感兴趣，女孩们、爸爸妈妈、爷爷奶奶、外公外婆也对它们感兴趣。于是，他开始画一本不太严肃、甚至非常有趣的书，内容就是他每天在外面大街上看到的东西：大大小小的各类卡车、吵吵闹闹的电动车和隆隆作响的摩托车！他在书中绘制的交通工具时而栩栩如生，时而天马行空。他还格外喜欢让生活在忙忙碌碌镇的动物们遇上各种各样滑稽可笑的事情，每一页发生的故事都会让读者忍俊不禁。

我和我的父母也是《轱辘轱辘转》的主角哦。1968年，我们一家搬到了瑞士，并有了一辆可爱的大众敞篷车。这本书封面上坐在橙色敞篷车里的猪爸爸一家（如图所示），就是以我们的小家为原型的（书里还为身为家中独子的我虚构了一个妹妹）。

在这本书里，我的父亲塑造了许多深受孩子们喜爱的角色，比如淘气鬼皮皮狗、认真负责的毛美丽警官、到处乱窜的金虫子……

全能鼠妹相信什么故障都难不倒自己；她结实的小救援车上有一个钩子，能够挂住一切庞大笨重的问题车辆！

卡车

当然啦，这本书的特别之处还在于，里面出现了所有闪现在我父亲脑海里、等着被画在纸上的那些超级酷的车辆。

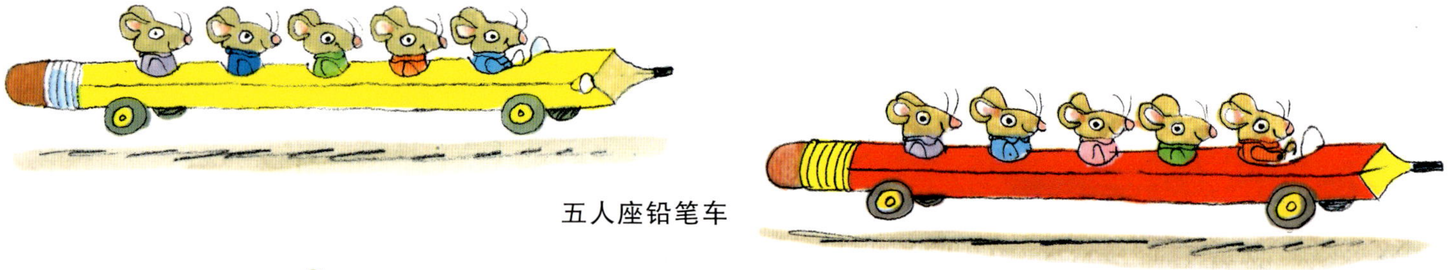

五人座铅笔车

南瓜车

胡萝卜车

苹果车

香蕉车

这些充满童趣和想象力的车给读者带来了许多欢乐。

锤形车

1974年，21岁的我和父亲一样，喜欢画画。有一天，他问我愿不愿意给他的新书《轱辘轱辘转》上色。我当然非常乐意！于是接下来的几周，我们在他的小工作室里各占一个工作台，一起完成这部作品。在“斯凯瑞金色童书”这个系列中，我的父亲运用了一种能让他快速画出复杂又热闹的画面的技巧。

他一开始不会考虑图画的用色问题，而是先用铅笔在磨砂醋酸纸上完成整本书的线稿。

接着，他会将完成的线稿送往一家照相凸版印刷工作室，那里可以制作出用于印刷的透明胶片（菲林片）。

通过晒版工艺，这些胶片被转化为印刷版。之后，印刷版和相应的蓝纸校样将被送回给我的父亲。父亲将利用蓝纸校样上的线条作为基准，并使用胶片来检查每一层颜色的对比度和精确度，进行上色工作。这个过程有点儿像在填充一本巨大的涂色书！

虽然这种省时的技巧可以让他随心所欲地用铅笔绘图，但给所有的画面上色仍是一项艰巨的任务。

因此，每当要填色的时候，他会有条不紊地一次只涂一种颜色。

而他选择的第一种颜色总是红色，用来填充消防车、消火栓、停车标志、红绿灯和苹果车等，然后再涂其他颜色。在工作室里，我曾在自己的工作台上问过父亲，为什么要从红色开始？他回答我说：“我喜欢红色呀！”

当涂完所有的红色部分后，我们又选取了黄色、蓝色、绿色、棕色、粉色等五彩斑斓的颜色来填充图画，直到小老鼠的每只耳朵和小猫的每个爪子都涂上适合的颜色为止。如今看来，这种技巧在不知不觉间也使得每一页的颜色都分布均衡，不会让某种颜色占满整幅画面（除了消防车的那一页）。每一处都做到了用色协调、色彩明亮、画面干净，令人赏心悦目。

我特别享受在工作室里一起画画的那些日子。父亲在画画时总是会笑出声，有时小声地咯咯笑，有时直接大笑起来。不用多说，他一定是想起了创作灵感的来源，比如在某处看到的情景。

我想，人们最常问我父亲的问题莫过于：“你的灵感从何而来？”他通常只是微笑着耸耸肩，回答道：“去外面！去大街上！”这的确是事实。你瞧，我的父亲总是对这个世界充满了好奇。每当他走到外面，总能发现各处发生的趣事。

我现在仍然住在瑞士，也就是我父亲创作《轱辘轱辘转》的那所房子里。每天，我都会去外面，到大街上看看，会看到各式各样的汽车、卡车、拖拉机、公交车、摩托车、救护车、消防车和老爷车，还能听到它们发出的各种声响！那简直就像一阵阵永无休止的雷声！老实说，这些噪声真的让人难以忍受。不过，我还是尽力像父亲那样，试着欣赏窗外的一切，耸耸肩，微笑，然后大声说：“这就是轱辘轱辘转的世界！”

哈克・斯凯瑞
2024年1月

理查德・斯凯瑞，1970年前后摄于瑞士。
照片由哈克・斯凯瑞提供。

1963年夏，理查德・斯凯瑞在奥地利圣安东阿尔贝格旅行时，从房间拍摄到的窗外景象。
照片由哈克・斯凯瑞提供。

理查德・斯凯瑞和帕特里夏・斯凯瑞。
照片由哈克・斯凯瑞提供。

封面草图

RICHARD SCARRY'S
CARS AND TRUCKS
AND THINGS THAT GO
STOP
H blue
MAIL
MISTRESS MOUSE REPAIRS
TAXI
TAXI

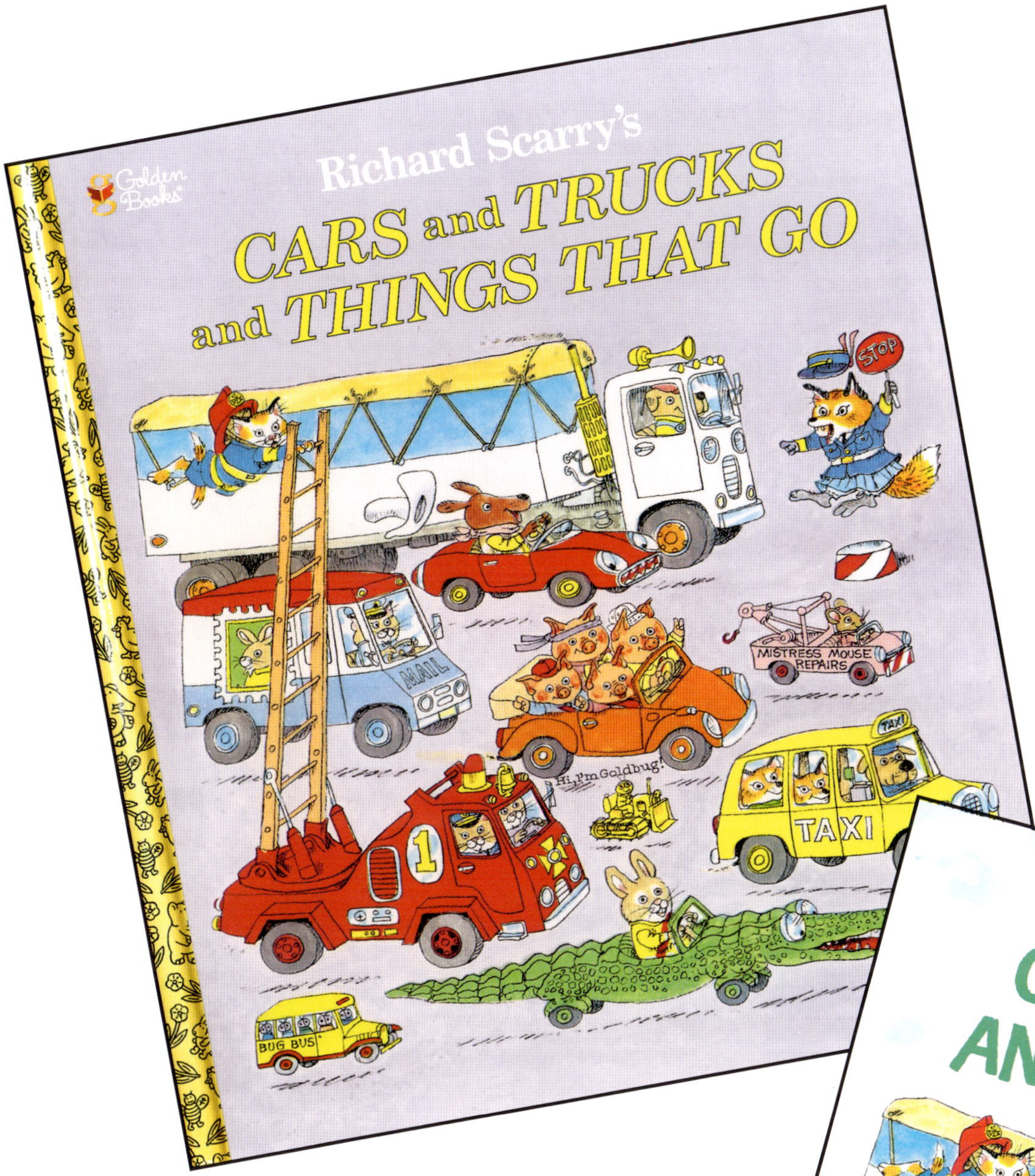

如你所见，首版书的封面和草图稍有差异。你能找出不同之处吗？

咦，金虫子去哪里了？

如果你仔细观察，会发现他无处不在……

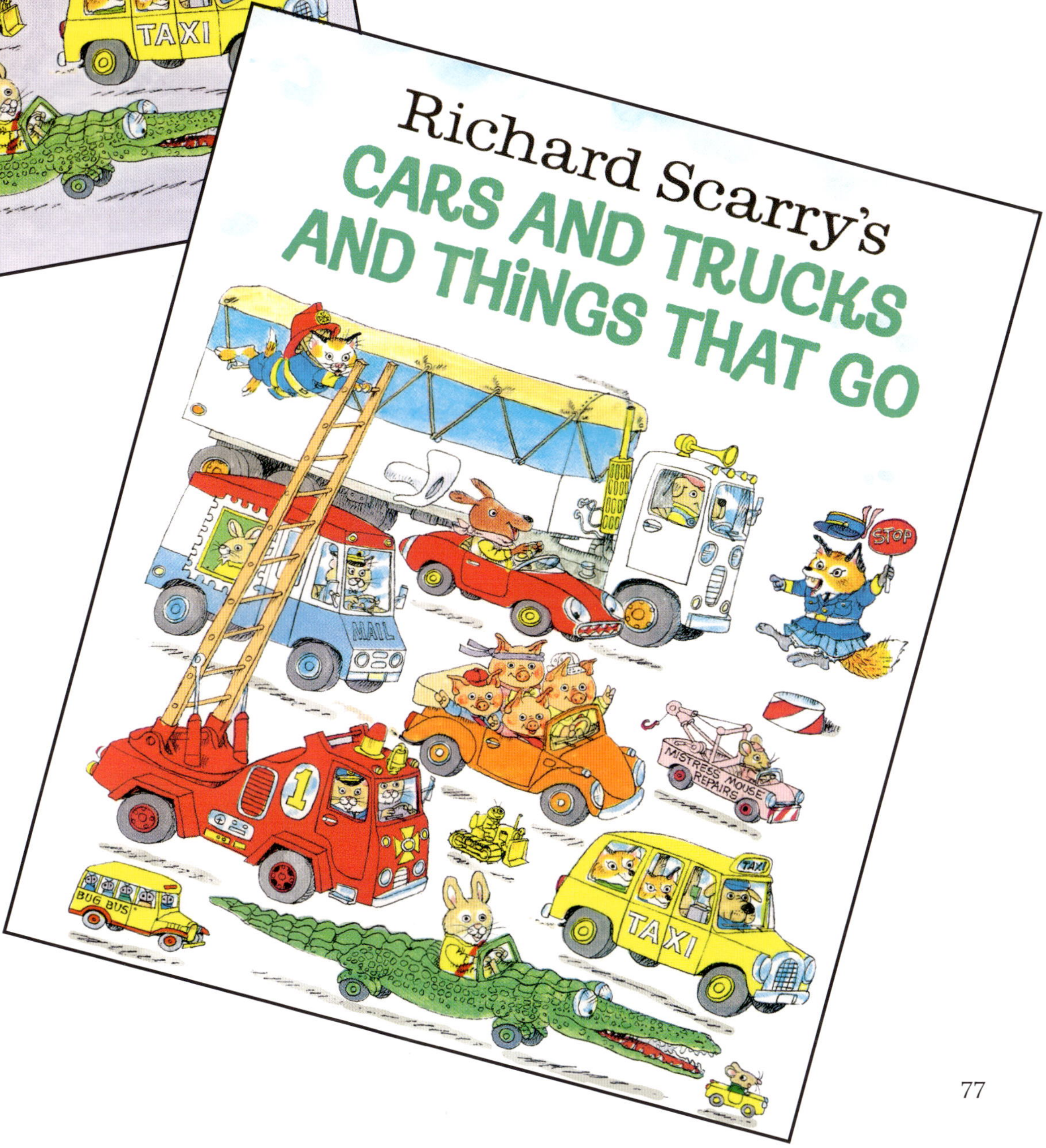

草图

SADIES
SODA FOUNTAIN
ALL FLAVORS
TOYS
SODY-POP
TALBOT
SAM'S
SHOE
SHOP
A POLICE
TRAFFIC

成稿

SADIE'S
SODA FOUNTAIN
ALL FLAVORS
TOYS
SODY-POP
SAM'S
SHOE
SHOP

角色：从线稿到成稿

线稿　　　　成稿